EL DUENDE VERDE

© Del texto: Norma Sturniolo, 1999
© De las ilustraciones: Javier Vázquez, 1999
© De la música: Andrés Puelles, 1999
© De esta edición: Grupo Anaya, S. A., 1999
Juan Ignacio Luca de Tena, 15. 28027 Madrid

1.ª edición, marzo 1999

Diseño: Taller Universo

ISBN: 84-207-9052-4
Depósito legal: M. 4.764/1999

Impreso en ORYMU, S. A.
Ruiz de Alda, 1
Polígono de la Estación
Pinto (Madrid)
Impreso en España - Printed in Spain

EL DUENDE VERDE

Norma Sturniolo

EL MONO QUE QUERÍA LEER

Ilustración: Javier Vázquez
Música: Andrés Puelles

QUERIDO LECTOR

Cuando era pequeña me gustaba pasear por la azotea de mi casa e imaginar un mundo a la medida de mis sueños. Entonces empecé a creer que algo de lo que nos contamos pasa a ser parte de nosotros. Con el correr de los días y las noches —¡ah, las noches de verano en la azotea, a cielo descubierto!— aprendí que el mundo se enriquecía con las nuevas palabras que iba conociendo. Y también descubrí, como descubrieron los monos de este cuento, que el lugar del encuentro, de los juegos, de la amistad, no se nos regala mágicamente: hay que crearlo.

El sol, la luna y las estaciones de ambos mundos, el real y el imaginado, fueron sucediéndose, y llegó el tiempo del hijo y con él volvieron los cuentos de la infancia, los ya contados y otros que iba inventando al calor de la complicidad. Cuentos que fueron prolongándose hasta convertirse

en series: «Linternita», «El niño
diminuto» y «El país de los
monos». El hijo ha crecido y,
entre otras cosas, me cuenta
historias de la música y yo,
entre otras cosas, le sigo
hablando de libros. Como en
los dos permanece el recuerdo
del goce de aquel tiempo de
cuentos infantiles, decidí que
los personajes de nuestra serie
predilecta cobrasen nueva vida,
la vida que les darán los
lectores. Pero no sigo. Ya oigo
el bullicio del país de los monos.
Tienen muchas ganas de salir a
escena.

A mi querida hermana Marta

EN un país donde la vegetación
exuberante crecía a poca distancia
de los rascacielos de la ciudad había
una selva con árboles frondosos,
ríos abundantes y pájaros de colores
diversos. Ahí vivía una bulliciosa tribu
de monos.

Antón era un mono grande y un poco gordo al que trataban como si fuera el jefe. Aunque le gustaba holgazanear, una vez que lograba vencer la pereza no le costaba tomar decisiones. Algunas veces, en un periquete, encontraba soluciones a los problemas de la comunidad *monil*. Bueno, en un periquete... cuando los problemas no eran muy difíciles.

CRAC

A Antón le gustaba tenderse en
la hierba y sentir sobre su cuerpo los
rayos tibios del sol. Y estirarse, estirarse
mucho. Se pasaba mucho tiempo
mirando las copas de los árboles
y haciendo guiños con los ojos porque
el sol le impedía abrirlos de par en par.

El terror de Antón era el pequeño
Federico, un mono delgadito e inquieto
que siempre acababa saliéndose con la
suya. Federico había aprendido a leer
y tanto le gustaban los libros que releía
una y otra vez los que tenía en su casa.

Antón estaba esperanzado porque pensaba que la afición de Federico sería su aliada. En otras palabras, que gracias a la pasión de Federico por la lectura, él se vería libre de los requerimientos del infatigable benjamín.

Antón cuando pensaba en Federico
lo llamaba así: Benjamín, porque lo
quería como a un hijo y contemplaba
sus trastadas como las de un hijo
pequeño. Esto nunca se lo había
dicho a Federico: era su secreto.

Pero... su gozo pronto estaría
en un pozo.

Federico tenía una amiga un poco mayor que él. No mucho, aunque ella no dejaba de hacerle notar la diferencia de edad. Le gustaba exhibir sus conocimientos y experiencia. Como era alegre y generosa, podía perdonársele que fuese algo presumida. Se llamaba Sira.

A su edad conocía bastante bien
la ciudad porque había estado allí
acompañando a sus padres, que eran
músicos y tocaban en una orquesta.
Durante el curso escolar actuaban en
el teatro de la selva, pero en el verano
iban de gira por teatros de la ciudad.

El caso es que Sira, en su último viaje, cuando sus padres estaban ensayando, se dirigió a la biblioteca de la ciudad. Ricarda, la señorita que atendía, era muy amable. Enseguida ayudó a Sira a llevar los libros que había elegido a la mesa de lectura.

Sira, con intención de darle pelusa a Federico, se jactó de la cantidad de aventuras que vivió con aquellos libros.

Y fue tan verosímil, es decir, creíble
(bueno... lo que decía sonaba a verdad
porque de verdad se lo había pasado
requetebién) que logró provocar algo
que no había imaginado. Algo que
producía escalofríos a Antón...
¡Federico estaba ideando un plan! En
verdad no tardó mucho en redondear
su idea: levantar una biblioteca en la
selva. Y para eso necesitaba la ayuda
de Antón.

Antón estaba disfrutando de la siesta cuando se le acercaron Sira y Federico. Lo llamaron primero muy bajito y luego a voces, pero no lograron despertarlo. Federico le tiró de la cola y en el sueño de Antón empezó a dibujarse un diablillo. Federico vio una pluma de un pájaro, la cogió y empezó a hacerle cosquillas en los pies. Lo único que consiguió es que Antón cambiara de postura y que en su sueño empezara a perfilarse un rostro conocido.

Entonces, después de pedirle a Sira
que buscara la trompeta de su padre
y unos platillos que tenía en casa,
se puso a tocar con muchísima fuerza
sobre la oreja izquierda de Antón y
le pidió a Sira que hiciera lo mismo
sobre la otra oreja de Antón...
Sucedió lo que tenía que suceder:
en el sueño la cara del diablo era...
¡la cara de Federico! Y, a
continuación, Antón se despertó
dando un alarido.

Federico, como siempre, se salió
con la suya. Antes contamos el secreto
de Antón, pero nos callamos el de
Federico. Ya es tiempo de darlo a
conocer. Su éxito tenía que ver con
la constancia: Federico no paraba
hasta conseguir lo que se proponía.
Esta conducta tenía su origen en una
conversación que había oído a sus
padres. Uno de ellos, no recordaba
bien cuál, había dicho que el agua
horada la piedra. Cuando les preguntó
por el significado de esa frase, ellos le
explicaron que, por muy pequeña que
sea una gota de agua, si cae sobre una
piedra de forma continua, termina
haciendo un agujero
en la piedra.

PLIC

—¿Aun la más dura, durísima
piedra? —preguntó Federico.

—Sí —respondieron al unísono sus
padres.

Federico imaginó una gota diminuta
acercándose a una piedra que tenía
cara de perdonavidas. Más o menos
fue esto lo que imaginó:

Aquella frase impresionó tan positivamente a Federico que la convirtió en su máxima. A Federico le iba muy bien siguiendo esa norma de conducta, pero al que no le iba tan bien era a Antón. El asunto de la biblioteca le traía de cabeza. Tenía que reunir a la tribu y eso no era nada fácil.

Primero escribió una carta brevísima a modo de telegrama. En ella convocaba a los monos urgentemente para un viernes por la tarde. Había escrito que se trataba de *«un asunto de vital importancia para la comunidad»*. Con eso quería decir que era algo muy, muy importante para todos, aunque la verdad es que en lo que primero pensó fue en que era importantísimo para él. Federico estaba agotando su paciencia con su cantilena y sobre todo, aunque no quería confesárselo, se había entusiasmado un montón con la idea. Así que había que poner a todos ¡manos a la obra!

En las casas de los monos la disciplina y el orden brillaban por su ausencia. Los más pequeños acostumbraban hacer bolas de papel con las cartas que llegaban y se las arrojaban unos a otros. Y los mayores… Los había muy despistados, como don Eustaquio, al que le gustaba mucho cocinar. Cuando le trajeron la carta estaba siguiendo las indicaciones de una receta que aparecía en su libro de cocina predilecto, el titulado *Las mejores comidas para su hogar,* del archiconocido Luis Rivera de las Altas Palmeras.

Hay que decir que la última parte
de su apellido, «de las Altas Palmeras»,
en verdad era un apodo que desde muy
antiguo le habían puesto a don Luis
por su afición a las palmeras más altas.
Tanto le atraían que mandó construir
su segunda vivienda en la más alta que
encontró. Y tanto le gustaba vivir en lo
alto de la palmera que acabó pasando
la mayor parte del tiempo allí.

De tal modo que en el buzón de
su primera vivienda la carta de Antón
hacía compañía a otras muchas y
a folletos publicitarios que rebasaban
el buzón por los cuatro costados.

Volviendo a don Eustaquio, lo que
le ocurrió fue que, mientras maravillado
iba poniendo los ingredientes de lo
que, según él, sería un manjar, echó la
carta en la olla como si nada y revolvió
todo con una gran cuchara de madera.

A doña Melania le sucedió algo
parecido. A Melania le hubiera
gustado ser soprano, pero tuvo que
conformarse con cantar *Carmen*
—una ópera de un tal Bizet— en su
casa. Melania estaba poniendo la ropa
en la lavadora, embelesada con su
propio canto, cuando cogió la carta
junto con unos calcetines, un delantal,
unas toallas y lo puso todo a lavar.

Y así podríamos seguir contando historias acerca de la desafortunada suerte de las cartas enviadas. Historias semejantes. En fin, que pasaba el tiempo y Antón no recibía respuesta. Antón no se desesperó. Pensó que la revista local sería un buen medio de información. Pero ocurrió algo parecido. Por ejemplo, a Jacinto, que le gustaba escribir como a su tatarabuelo, con pluma y tinta, se le volcó el tintero en la página donde aparecía el texto de Antón.

Y Belinda, la profesora, justo el día en que recibió la revista se le acabaron las cerillas. Tenía que poner una pizza en el horno de una cocina de gas.
No compró cerillas porque a esa hora las tiendas estaban cerradas. Lo que hizo fue arrancar una página de la revista, precisamente aquella en la que aparecía la carta de Antón, la enrolló, encendió la punta con un mechero y la acercó al hornillo del horno. Enseguida se hizo el fuego, y al rato la pizza, que, por cierto, quedó muy rica.

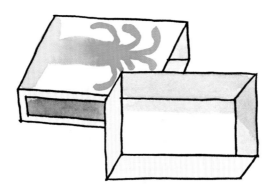

Por fin a Antón se le ocurrió una idea brillante. Llamó al padre de Sira y le pidió que el viernes por la tarde tocara con la orquesta la marcha de los monos. Una marcha que gustaba a todos y que tocaban cuando ocurría algo de interés local.

Tocarían en el lugar donde habitualmente se reunían para charlar y reír despreocupadamente. Un lugar con historia. Vale la pena recordarla. Los monos estaban acostumbrados a que la naturaleza les ofreciera sus riquezas generosamente, pero habían pensado que *el lugar de las risas* —así empezaron a llamar al lugar de esparcimiento— había que crearlo.

Cortaron la hierba que crecía en abundancia y le dieron formas muy originales. El lugar de las risas pasó a llamarse *el jardín de las risas*. Cogieron ramas delgadas y lisas, las unieron y recubrieron con plantas y flores: a eso que crearon se les llama pérgolas.

Y con madera, metal y plantas trepadoras construyeron lo que se conoce con el nombre de cenador. Pintaron a todos los cenadores de verde y blanco y quedaron así:

En el centro del jardín levantaron
un quiosco formado por una
bóveda sostenida con columnas:
era el templete. Ahí tocaban no
sólo los músicos de la orquesta local;
algunos días festivos y algún domingo,
también tocaban músicos de fuera.

Llegó el viernes, y la orquesta
empezó a tocar la marcha.

MARCHA DE LOS MONOS

¿La estáis oyendo? A veces se puede escuchar con los oídos de la imaginación. No estaría mal que alguien que sepa tocar un instrumento os la toque. Y, si no es posible, os la imagináis. La imaginación es poderosa. Dentro de cada uno suena de un modo diferente. A veces hay coincidencias y lo que uno imaginó se ajusta a lo que imaginó otro. A veces, dentro de uno mismo, en distintos momentos suena diferente, según estemos alegres, tristes o enfadados.

Los monos, como hipnotizados, salían de los lugares en donde se encontraban o cambiaban el rumbo de su camino. Todos se dirigían al jardín. Cuando ya se había congregado una multitud en torno al templete, hizo su aparición Antón. Agradeció a la orquesta su participación y comenzó a hablarles del *«asunto de vital importancia»:* la construcción de la biblioteca.

Antón subía y bajaba la voz, empleaba comparaciones e imágenes. Hacía uso de todos los recursos que conocía para convencer a los monos de que había que edificar la biblioteca. Necesitaba la colaboración de todos. Él ya había solicitado ayuda, y el gobierno de la ciudad prometió donarle libros y materiales, pero la construcción de la biblioteca la tenían que pagar ellos.

—La tenemos que pagar nosotros —dijo Antón—, porque somos los beneficiarios de la biblioteca.

La pequeña Marina no entendió. Cuando empezó a preguntarle a su madre: «¿Benefi...?», la mamá le dio un beso y le aclaró:

—Que nosotros nos aprovecharemos de la biblioteca, que la disfrutaremos y nos gustará mucho.

Marina se imaginó una gran tarta que tenía escrita en nata y chocolate la palabra biblioteca.

Antón logró convencerlos. En lo que no se ponían de acuerdo era en las características del edificio. Ellos, que generalmente eran pacíficos, comenzaron a discutir. Acabaron tirándose de la cola, poniéndose zancadillas y haciéndose mil y una monerías, que no tenían nada de monadas y mucho de perrerías.

Antón puso orden en aquel galimatías. Aprovechó la visita de Jorge, un arquitecto de la ciudad muy sabio y muy paciente, para arreglar aquel barullo. Jorge les dibujó una biblioteca que contentó a todos.

Pero Sira le dijo a Federico que aquel dibujo le recordaba a un invernadero que había visto en una enciclopedia. Como se dio cuenta de que Federico no se enteraba, le explicó que un invernadero es un lugar en el que se crea un clima adecuado para proteger a las plantas del frío. Federico le respondió:

—Pues me parece muy bien que los libros no pasen frío.

Y dio por zanjado el asunto.

Los monos habían resuelto trabajar
en la construcción de la biblioteca los
fines de semana, que era cuando
tenían tiempo libre. Trabajaban con
alegría. Si alguien remoloneaba o se
quedaba dormido, allí estaba Federico
para recordarles su deber.

Pero un día de muchísimo calor,
cuando gruesas gotas de sudor se veían
en las caras y cuellos de los monos,
uno de ellos dijo:

—A esta hora yo podría estar en la
piscina de casa.

—Y yo tendido en el sofá —dijo otro.
Y continuaron los comentarios.

Cuando cundía el desánimo y los monos empezaban a tirarse en la hierba, Federico pidió ayuda al padre de Sira, que llegó con su orquesta y empezaron a tocar la marcha de los monos. Todos recobraron las fuerzas y continuaron el trabajo al son de la música. Cuando la orquesta dejó de tocar, ellos seguían tarareando la marcha.

Federico le dijo a Sira:

—Me gusta la música.

Ella comentó:

—Es natural, llamándote como te llamas.

—¿Qué quieres decir? —preguntó Federico.

—Te lo contaré otro día —le contestó con cara de sabihondilla.

Y se marchó sigilosamente.

Federico estaba muerto de curiosidad. «¿Cuándo será otro día?», se preguntó. Pero su inquietud pronto se borró porque la biblioteca volvió a ocupar toda su atención. Ya tendría ocasión de descubrir el secreto que guardaba Sira.

Y por fin llegó el día en el que se acabó de construir la biblioteca. En aquella hora, el sol era una bola de fuego que rodaba por la selva. El sueño de la biblioteca, que de ser el sueño de Federico había pasado a convertirse en el sueño de todos, se hizo realidad. La visión de la biblioteca, unida al espectáculo del atardecer, hechizó a los monos. Todos permanecieron en silencio.

Federico sintió algo muy fuerte que no supo explicarse. Pasado un tiempo —nadie sabe cuánto duró—, los monos gritaron un hurra que les salió de lo más profundo del corazón. Los gritos de júbilo, abrazos y enhorabuenas duraron hasta que cayó la noche. Entonces la mamá de Federico lo cogió suavemente de la mano y le dijo que era hora de volver a casa.

Papá había cocinado su especialidad: ¡tarta de plátano! Y mamá había preparado zumo de coco y arroz con leche. Federico, sentado a la mesa, saboreaba su comida predilecta y los recuerdos, porque los recuerdos, si te fijas un poco, tienen olor, sabor y sonido. Federico relacionaba los recuerdos de aquel día con la mezcla de aromas que despide la naturaleza poco antes de anochecer. Tenían el sabor del plátano, el coco y la piña. El sonido era... ¡la marcha de los monos!

Llegó la hora de irse a la cama.
Federico se arrebujó entre las sábanas
azules y pidió lo que pedía todas las
noches:

—Mamá cuéntame un cuento.

Y, como todas las noches, su madre
comenzó:

—Había una vez...

Los párpados de Federico se
cerraban lentamente.

En su boca había dibujada una
sonrisa.